DISCOURS

PRONONCÉS SUR LA TOMBE

DE

M. CASIMIR DE VENTAVON

SÉNATEUR DES HAUTES-ALPES

LE 16 AOUT 1879

JOUR DE SES OBSÈQUES AU CHATEAU DE VENTAVON

————⟶•⟵————

GAP

TYPOGRAPHIE J.-C. RICHAUD, RUE DE PROVENCE

—

1879

DISCOURS

prononcés sur la tombe

DE M. CASIMIR DE VENTAVON

Discours de Mgr l'Évêque de Gap.

—

MESSIEURS,

En face de ce noble cercueil et avant de le déposer dans la terre, nous éprouvons le besoin de vous exprimer quelques-unes des pensées qui remplissent notre âme et qui, nous n'en doutons pas, Messieurs, remplissent les vôtres.

Une grande et puissante intelligence s'est éteinte au milieu de nous ; un grand cœur a cessé de battre !

Qu'est-il nécessaire de parler ici de cette intelligence qui, pendant un demi-siècle, a jeté sur nos contrées un si vif éclat ? La science de M. Casimir de Ventavon est connue de tout le monde : science de jurisconsulte, science de l'homme d'État, science entretenue et embellie chaque jour par un travail incessant et les plus profondes études ! Aussi quelle sûreté de vues et quelle pénétration en toutes choses, pour poser et résoudre les questions et répandre la lumière sur les points les plus obscurs !

Et, en même temps, quel ravissant langage ! quelle parole facile, correcte, délicate, spirituelle et toujours sympathique ! Elle a retenti dans les sanctuaires de la justice ; elle a retenti à la tribune de nos Assemblées politiques, où partout éloquente elle a excité une légitime admiration et laissé les meilleurs souvenirs.

Mais toutes ces incomparables qualités de l'esprit étaient, chez notre regretté défunt, au service d'un grand et excellent cœur.

Ah ! tous nous avons pu l'apprécier ce cœur généreux, pour qui c'était un besoin de se dévouer. Député, sénateur, quel travail ne s'est-il pas imposé dans les intérêts de la France, et avec quelle abnégation et au risque de sa santé déjà compromise ! « Le devoir avant tout, » c'était sa devise. Conseiller général, que n'a-t-il pas fait pour notre département ?

Comme si les intérêts publics ne suffisaient pas à l'activité de son dévouement, il était toujours prêt à rendre service à tous ceux qui recouraient à son inépuisable obligeance.

Vous savez comment, pendant les vacances parlementaires, il occupait ses loisirs. Ce château de Ventavon était chaque jour véritablement assiégé. C'est de toutes parts que l'on venait ici lui adresser des recommandations et lui demander des conseils.

Et dans tous les rapports qu'on avait avec lui quelle bienveillance ! quel esprit de conciliation ! Aussi quelles unanimes sympathies ! Ah ! dans ces temps troublés que nous traversons, au milieu de ces cruelles divisions de parti si désolantes, nous pouvons le dire bien haut, M. de Ventavon a pu rencontrer des adversaires politiques, mais des ennemis jamais !

Certes, c'est là un noble cortège pour un cercueil que tous ces souvenirs apportés ici par tant d'amis qui l'entourent. Tout cela, cependant, serait peu de chose pour nous consoler. Les meilleurs souvenirs s'effacent et s'évanouissent bien vite dans ce point de l'espace et du temps.

Qu'ils sont à plaindre ceux-là qui ne veulent plus d'espérance au terme de la vie présente et cherchent à se persuader que l'homme tout entier meurt à la mort ! Qu'ils sont tristes ces convois funèbres, où l'on croit conduire un cadavre au néant, et l'ensevelir dans un éternel silence !

Notre douleur, à nous chrétiens, veut pour s'appuyer et se consoler une base plus digne et plus ferme qui heureusement ne nous manque pas ici.

Notre si regretté sénateur était un vrai et sincère chrétien. Né au sein d'une très honorable famille, où la foi catholique est héréditaire, il fut nourri dès son enfance de ces grands principes religieux qui font le bonheur et la dignité de l'homme. Or, M. de Ventavon ne les a jamais oubliés. Il les a, au contraire, toujours entretenus et fortifiés par une étude sérieuse de la religion. Car, nous pouvons l'affirmer, en ce siècle qu'on appelle le siècle des lumières, où nous avons, en effet, tant de savants si profondément instruits dans leurs spécialités, mais en même temps si tristement prévenus contre la religion qu'ils n'ont point étudiée, notre éminent sénateur ne négligeait pas cette science capitale qui donne seule le secret du temps et de l'éternité.

Aussi, ces dernières années et surtout depuis qu'il s'est senti frappé, avec quelle énergie s'est ranimée la foi de son enfance et de sa jeunesse! Comme il cherchait et retrouvait dans la pratique loyale de cette même foi chrétienne la force et le courage qui l'ont soutenu jusqu'à la fin.

Que si la crise fatale nous a tous surpris, si la mort a été prompte pour lui, elle n'a pas été imprévue. Il était préparé, et la divine Providence lui a fait encore la grâce, de recevoir en pleine lucidité d'esprit, les secours suprêmes et les consolations de l'Eglise.

Voilà bien, pour nous aussi, dans notre douleur, la meilleure et la seule vraie consolation. Oui, Messieurs, sur ce grand deuil d'une honorable famille si désolée, sur ce deuil d'une localité dont le nom est devenu célèbre, sur le deuil d'un canton dont les intérêts étaient si bien défendus, sur le deuil de tout notre département qui perd un de ses premiers hommes, sur ce deuil national, car nous pouvons le dire deuil de la France qui perd un de ses plus illustres représentants ; sur tous ces deuils plane l'espérance, une

espérance immortelle! Oui, nous le savons, dans ce corps
glacé au fond de son cercueil, reste un germe de résurrec-
tion et de vie ; nous savons que la belle âme de notre cher
défunt est entrée dans un monde meilleur. où nous serons
heureux de la revoir un jour!

Discours de M. le Préfet.

MESSIEURS.

C'est avec une profonde émotion que le préfet de la Ré-
publique vient déposer sur cette tombe royaliste le tribut
de ses regrets. Ah ! c'est qu'il est des adversaires politiques
. qu'on a le devoir d'honorer, et M. de Ventavon fut de ceux-
là.

A l'époque la plus troublée de notre histoire contempo-
raine, alors que, des hautes régions d'un pouvoir violemment
usurpé, partait ce cri des Barbares : *Vœ victis*, lui,
tendait la main aux vaincus.

Aussi, Messieurs, la situation de M. de Ventavon dans le
département des Hautes-Alpes fut-elle exceptionnelle, et,
plus d'une fois, les républicains, oubliant les croyances
traditionnelles de leur compatriote, ne se souvinrent que
de ses services et de son talent.

Qui aurait le courage de les en blâmer, en présence d'un
dévouement aussi absolu aux intérêts de son pays natal,
d'une bienveillance aussi inépuisable, qui jamais n'eut
pour mobile le résultat du scrutin !

Naguère encore, nous avons vu cet éminent sénateur.

déjà brisé par la maladie, user ses dernières forces à accompagner, de ministère en ministère, une députation du Conseil général en lui prêtant l'appui de son éloquente parole.

Vous parlerai-je maintenant, Messieurs, de l'homme privé, du charme de son langage, de la grâce de ses manières, qui faisaient de M. de Ventavon un gentilhomme du xviiie siècle oublié parmi nous ?

Tous, vous l'avez connu. Pour moi, je conserverai toujours le précieux souvenir de cette courtoisie sans égale et de cette mesure parfaite avec lesquelles il présidait le Conseil du département.

Il ne m'est pas permis, Messieurs, de pénétrer plus avant dans la vie intime de cet homme, aussi distingué par les qualités du cœur que par celles de l'esprit. Je m'exposerais à trahir le secret de bien des chaumières qui avoisinent cette demeure ; mais je ne serai que l'écho fidèle des populations en disant de lui : il a passé en faisant le bien.

Discours de M. Xavier BLANC, sénateur des Hautes-Alpes.

—

Messieurs,

Le jour où le pays perd un serviteur dévoué est un jour de douleur publique ; et c'est un jour de deuil universel et de larmes, si cet enfant du pays fut, durant toute une longue carrière, un homme bienfaisant, éminent par le talent, par la science et par un patriotisme éprouvé.

Tel fut Casimir de Ventavon ; et c'est pourquoi je vois tristement groupés autour de son cercueil ses innombrables concitoyens de tous les points du pays, de tous rangs et de toute opinion. Cet imposant cortège en dit plus que tous les discours ; et, cependant, vous ne me pardonneriez pas de garder le silence sur cette tombe, moi qui, de vous tous peut-être, ai le plus aimé et honoré cet homme, l'honneur de notre pays, parce que, associé à son œuvre, c'est à moi qu'il fut donné de le mieux connaître.

J'ai connu Casimir de Ventavon *dans la vie intime;* je l'ai connu *avocat;* je l'ai connu *sénateur.* C'est à ce titre que je viens ici glorifier, avec vous et en votre nom, cette noble existence, écoulée dans la pratique de toutes les vertus civiques.

Dans la vie privée, connûtes-vous jamais une plus sympathique nature ? Quel homme réunit au même degré tous les dons qui font l'homme bienveillant, affable, obligeant, hospitalier, tout à tous ? Toujours accueillant et plein d'aménité pour les plus humbles de ses compatriotes, charitable envers les pauvres, libéral pour toutes les œuvres de bienfaisance, il était le type achevé de la distinction dans ses relations du monde. Et, quand il vous avait comblés, grands ou petits, des marques de la plus exquise bienveillance, il semblait être l'obligé de ceux qui avaient reçu ou ses services ou ses dons.

Ce que fut Casimir de Ventavon, comme *avocat,* nous pouvons le demander non-seulement au barreau dauphinois, dont il fut, pendant plus de quarante années, l'un des plus grands maîtres, mais à toutes les Cours devant lesquelles il fut si souvent appelé à exercer son noble ministère. Jamais la barre française entendit-elle une parole plus limpide, et plus nette et plus pure ? Dans les sujets les plus simples comme dans les discussions les plus élevées, l'atticisme de son langage était le même ; élégant et châtié sans recherche, atteignant sans effort à la plus haute éloquence, sans que jamais, dans ses plus chaleureux élans, il se laissât entraîner au-delà des plus strictes convenances oratoires, sans que sa parole, finement ironique, eût jamais rien de blessant pour les personnes, alors même que, par devoir, il était amené à flageller ou la fraude ou l'intrigue ou la cupidité.

Elu plusieurs fois bâtonnier de l'Ordre des avocats de Grenoble, qu'ont illustré tant de jurisconsultes éminents, il fut l'ami estimé des plus grands avocats de France, et ni les Berryer, ni les Crémieux, ni les Dufaure, ni les Jules Favre, ni tant d'autres grands orateurs avec lesquels il eut à lutter dans des causes mémorables, ne refusèrent à son beau caractère, à son talent oratoire, à sa science profonde, ni à son exquise courtoisie, le plus sympathique tribut.

Mais il est un hommage plus humble et dont, assurément, Casimir de Ventavon se fût montré plus jaloux encore. C'est celui de la reconnaissance de tous ses concitoyens, simples clients ou confrères, dont il fut toujours le conseil désintéressé, le guide affectueux et sûr.

J'ai parlé de l'*ami* et de l'*avocat*. Pourrais-je ne pas dire ce que fut Casimir de Ventavon comme *représentant du pays*?

Mon hommage, ici, ne connaîtra pas plus de réserve ; et cet hommage sera d'autant moins suspect que nous étions bien loin de suivre la même ligne politique.

Fidèle aux traditions de sa famille, Casimir de Ventavon ne déserta jamais des principes auxquels il avait une foi absolue. Il ne dissimula jamais la bannière sous laquelle il naquit, grandit et passa toute sa vie. Il voyait en elle le drapeau de la France, et personne n'aima la France avec plus d'élan, de désintéressement et de cœur.

Quelle preuve plus grande en pouvait-il donner que le concours accordé par lui à l'élaboration d'une constitution républicaine, lui le légitimiste avoué, le jour où la confiance de l'Assemblée nationale lui conférait le grand et périlleux mandat de rapporteur de la Commission des Trente?

Ce qu'il lui fallut d'abnégation patriotique pour formuler notre loi constitutionnelle, sans abjurer sa foi politique ; ce qu'il lui fallut de science, de talent et d'habileté pour triompher des difficultés et des obstacles qu'il rencontrait à chaque pas dans l'accomplissement de sa délicate mission ; ce qu'il déploya de tact et de finesse oratoire dans l'exposé des motifs et à là tribune, nul ne peut s'en rendre compte, hors ceux qui furent associés au laborieux enfantement de la Constitution du 25 février...... Constitution conçue parmi les écueils, acceptée par les uns comme une œuvre d'apaisement et de conciliation, subie comme un pis-aller par d'autres, et considérée par tous ceux qui prirent part à sa rédaction définitive comme une suprême nécessité.

Qui pourrait se plaindre d'entendre ici l'humble collègue de Casimir de Ventavon féliciter le département des Hautes-Alpes d'avoir compté ses deux représentants, celui dont nous déplorons aujourd'hui la perte et notre ami tant regretté Cézanne, parmi les auteurs de cette Constitution qui est encore à cette heure, malgré les rudes assauts qu'elle a subis, la pierre angulaire des institutions du pays ?

Mais c'est moins à l'homme politique que je veux rendre hommage qu'au législateur et au représentant dévoué des intérêts de notre cher et pauvre département.

Législateur. Casimir de Ventavon prit part à l'élaboration, à la rédaction et à la discussion de la plupart de nos lois d'ordre civil et d'ordre économique. Si je parlais, non devant ses commettants, mais devant ses collègues de l'Assemblée nationale et du Sénat, je n'aurais qu'à faire appel à leurs souvenirs. Au sein des bureaux et dans les commissions parlementaires, nul ne paya un plus constant, plus universel et plus large tribut à notre œuvre législative. Doué d'une véritable intuition des affaires, il surprenait ses collègues par la finesse de ses aperçus, par la netteté de ses conceptions et par l'inconcevable puissance d'assimilation de toutes sortes de matières à son intelligence. Rien n'égalait la prodigieuse aptitude de cet esprit à dégager un principe, à en déduire et coordonner les conséquences et à le formuler en résolution ou en loi.

J'aurai tout dit et je n'aurai rien dit que d'absolument vrai, en affirmant que nul membre du Sénat ne rendait plus de services que M. de Ventavon et que la perte d'aucun sénateur ne pouvait laisser un vide plus difficile à combler dans cette haute assemblée.

Comme *orateur*, il apportait à la tribune tous les précieux dons qui lui avaient assigné un rang si distingué au barreau ; et ceux-là même qui étaient le moins disposés à partager ses doctrines se laissaient captiver par le charme de la parole de l'orateur convaincu, disert et toujours courtois.

Personne, au sein du Sénat, où Casimir de Ventavon comptait autant d'amis que de collègues, ne démentirait le témoignage que je viens de lui rendre. Mais ceux qui y contrediraient le moins sont assurément les honorables députés qui, dans une autre Chambre, représentent notre département avec le dévouement que mon regretté collègue apportait dans l'accomplissement de son mandat. Pour eux, comme pour moi, la tâche grandit et devient plus lourde par la mort de notre vénéré doyen. Nous nous inspirerons de ses vertueux exemples et, animés du même amour du pays, quelque séparés que nous fussions de lui en politique, nous honorerons sa mémoire et nous nous honorerons nous-mêmes en suivant la trace qu'il nous a marquée dans la grande voie du devoir.

Je n'ai pu qu'esquisser les traits les plus saillants de cette grande figure et je ne vous ai pas dit comment vient de finir cette noble existence. Atteint depuis près de deux ans d'une affection au cœur, qui devait lui être fatale, il oublia souvent les prescriptions de la Faculté. Au lendemain de crises qui inspiraient à ceux qui l'approchaient les plus sérieuses inquiétudes, il ne craignait pas d'entreprendre, par le plus rude des hivers, des voyages que réclamaient ses devoirs sénatoriaux. Un jour qu'un éminent docteur, qui siégeait à côté de lui au Sénat, avait exprimé la crainte que l'imprudent malade mourût dans le wagon qui le portait à Paris, si grand était son état de faiblesse, aux reproches que nous lui adressions à son retour, il répondait avec son plus gracieux sourire : « Vous voyez bien qu'on « ne meurt pas de l'accomplissement du devoir. »

Que de traits de ce genre nous pourrions relever dans cette vie de dévouement et de continuelle abnégation !

Un jour vint où ses forces ne restaient plus au niveau de cet amour passionné du devoir. Que de fois il nous disait alors : « Je m'amoindris, je suis un homme fini. » Il se désolait de n'avoir plus assez de voix pour parler à la tribune et c'était là pour lui le plus vif sujet de préoccupation et d'inquiétude.

L'affaiblissement, d'abord imperceptible, était devenu rapide ; il le sentait, malgré nos efforts pour le rassurer, et il disait : « Je quitte Versailles pour n'y plus revenir. »

Ce cruel pressentiment ne s'est que trop tôt réalisé. A peine entré dans sa famille, une complication de sa maladie l'avertissait de sa fin prochaine. Il l'envisagea avec sérénité. Entouré des soins les plus tendres, il appela le prêtre, et, puisant une nouvelle énergie dans la religion dont il fut toujours le fervent défenseur, il mourut en chrétien, comme il avait vécu en homme bienfaisant et juste. Il n'est plus, mais son souvenir vivra impérissable dans ce pays qu'il a tant aimé.

Adieu, collègue ; adieu, ami. Pour honorer dignement ta mémoire, il eut fallu emprunter ou ta plume ou ta voix. N'écoute que les élans de nos cœurs. Ils battent à l'unisson, de profonde reconnaissance et d'amère tristesse. Que ce soit pour toi la première récompense d'une vie passée tout entière dans la voie de l'honneur, de la bienfaisance et de tous les devoirs ! Adieu !

Discours de M. Charles ALLIER,

MESSIEURS,

Interprète des habitants de la commune de Ventavon, je ne peux laisser se fermer cette tombe sans rendre un dernier et douloureux hommage, sans dire un adieu suprême à l'homme de bien que nous pleurons.

D'autres voix, plus autoriséés, on dit ce que fut dans la vie publique M. Casimir ds Ventavon; c'est à l'homme privé, à l'homme bon par excellence; c'est au parfait ami, au bienfaiteur généreux et modeste que j'apporte ici le tribut de notre confiance et de nos regrets.

Aucun de nous n'ignore le bien qu'il faisait, malgré le soin qu'il mettait à le tenir secret. Dévoué à ses semblables, toujours affable, accessible aux plus humbles, même lorsque ses talents et les suffrages de ses concitoyens l'eurent élevé à de hautes dignités, il n'a jamais su refuser un secours ou un conseil; il n'a jamais su trouver un mot désobligeant pour éconduire les nombreux solliciteurs qui lui disputaient ses rares heures de loisir et de repos. Faire le bien, rendre service même au détriment de ses intérêts et de sa santé, telle fut sa règle de conduite invariable.

Et maintenant la flamme qui animait ce noble cœur, cette intelligence d'élite, s'est éteinte; la mort a paralysé ces mains toujours ouvertes à l'infortune; ces lèvres, d'où ne s'échappaient que de douces et consolantes paroles, se sont fermées pour toujours!

Ah! s'il était donné à son âme d'abandonner un instant sa nouvelle demeure pour revenir parmi nous; en voyant, autour de sa famille éplorée cette autre famille plus nombreuse, la commune de Ventavon toute entière, accompagner avec de pieuses larmes sa dépouille mortelle à son dernier asile, il comprendrait combien nous l'aimions et le vénérions, combien sa perte nous est cruelle !

Dans notre douleur, il nous reste du moins une espérance, que dis-je, une certitude, Dieu doit acquitter notre dette de reconnaissance envers lui !

O vous que la mort nous a ravi ! au nom de vos amis inconsolables, au nom de cette population qui vous fut si chère et dont vous étiez le conseil et l'appui, au nom des malheureux qui vous bénirent si souvent, M. de Ventavon, adieu, votre mémoire vivra éternellement dans notre souvenir et dans nos cœurs !

Discours de M. LIOTARD.

—

MESSIEURS,

C'est en ma modeste qualité de vice-président de la commission provisoire du canal de la Durance dont M. Casimir de Ventavon était le président que je viens dire quelques mots sur sa tombe.

La Durance, vous le savez, traverse plusieurs communes sur un parcours de plus de 50 kilomètres, à partir de Lettret jusqu'à Mison, sans pouvoir cependant les arroser.

« Dérivons un canal de cette rivière, s'écria un jour « M. de Ventavon, et nous ferons de la contrée stérile « que nous habitons, l'une des vallées les plus fertiles de « la France. »

Il se mit à l'œuvre en 1862, et, depuis lors, persévérant

dans ses vues, infatigable dans ses démarches, il ne s'est passé une seule année que le canal rêvé depuis des siècles n'ait fait un pas vers son exécution.

Une commission provisoire de douze membres fut instituée, par les soins de M. de Ventavon, parmi les plus intéressés au canal. Il dressa les statuts d'une association et libella lui-même les actes d'engagement déposés aux minutes du notariat de Ventavon, le 14 novembre 1869. Tous les ans il convoqua en son château les membres de la commission pour leur faire connaître les diverses phases du canal et les encourager à poursuivre ce grand projet.

Il fallait voir alors, Messieurs, avec quel art et quelle séduction de langage il savait dire à ses convives : « Nous « arriverons, mes amis, nous arriverons avec de la persé- « vérance. »

Les années se succèdent, mais le canal ne coule jamais ; les populations s'impatientent ; M. de Ventavon persévère, veille sans cesse à la réussite de son projet, à l'*exécution de son canal, par l'Etat, à l'aide d'une subvention des deux tiers de la dépense en laissant au syndicat la charge des canaux secondaires.* Principe nouveau à faire appliquer désormais à tous nos canaux.

Passons sur les détails, arrivons en 1874 ; à cette date, M. de Ventavon obtient du ministre des travaux publics, M. Caillaux, la promesse formelle de cette subvention ainsi appliquée sur 2.000 hectares environ.

Nous n'avions alors que 1,700 hectares souscrits. M. de Ventavon se remet à l'œuvre de plus belle et nous arrivons à 2,217 hectares de souscription.

Tout semblait donc être terminé, l'eau allait arriver. Mais restaient encore les formalités administratives à observer telles que enquêtes interdépartementales, plans et rapports des ingénieurs, avis du conseil général des ponts et chaussées, plans parcellaires, etc., etc.

Les populations criaient de nouveau, s'impatientaient, et allaient même jusqu'à accuser M. de Ventavon de ne s'occuper du canal que dans des vues électorales.

Mais cela le touchait peu. Il allait de l'avant quand même,

en écrivant à ses amis, en juillet dernier, « qu'il fallait savoir attendre en comptant sur la bienveillance de M. le ministre. »

Nous étions, en effet, en juillet. La maladie qui a emporté notre cher sénateur le travaillait déjà, mais il s'occupait toujours de son canal, ayant annoncé qu'il *ne reviendrait plus dans les Alpes sans apporter son décret d'utilité publique.*

Il s'en est fallu de peu que cela se réalise; car, à la date du 5 juillet dernier, M. le ministre des travaux publics écrivait à M. le préfet que le projet était adopté d'après les bases indiquées par M. de Ventavon, en *accordant une subvention de un million 733 mille francs sur une dépense prévue de 2,600,000 fr.*

Un million sept cent trente-trois mille francs c'est une subvention magnifique dont nous remercions ici solennelle-ment le Gouvernement !

Le 5 août, un projet de décret ordonné par M. le ministre était dressé par M. l'ingénieur en chef du département et M. le préfet l'envoyait en communication à M. de Venta-von, président de la commission, par dépêche du 12 août.

Coïncidence étrange, Messieurs, c'était le jour de la mort de notre éminent sénateur !

La Providence n'a pas voulu qu'il jouisse de son œuvre, mais cette œuvre se réalisera avec le concours du Gouver-nement, cette œuvre restera et les populations des rives de la Durance lui en conserveront une éternelle reconnais-sance en appelant à juste titre le canal dont il s'agit : *Ca-nal Casimir de Ventavon.*

Adieu, homme de bien, au nom de ces mêmes populations, je vous remercie; Adieu, ou plutôt au revoir.

Discours de M. MICHEL, sénateur
des Basses-Alpes.
—

MESSIEURS,

Mon honorable ami, M. Du Chaffaut et moi avons considéré comme un devoir d'accourir près de cette tombe pour nous associer aux regrets si vifs et si unanimes qui se sont manifestés à la nouvelle de la mort de M. de Ventavon, et rendre un éclatant hommage au collègue éminent, à l'ami dévoué, à l'homme de bien par excellence que nous pleurons.

Une voix sacrée, respectée de tous, et d'autres plus autorisées que la mienne viennent de vous retracer en termes émus, la vie si pure et si pleine de l'avocat, de l'orateur, du député, du sénateur, et de l'homme privé.

Permettez au confident de ses pensées les plus intimes, depuis que les suffrages de ses concitoyens avaient par deux fois couronné sa vieillesse, d'être aujourd'hui devant ses pairs le témoin de ses actes.

C'est du cœur de Ventavon dont je vous parlerai ; cœur chaud, ardent, qui de bonne heure s'était donné tout entier à la grande et à la petite patrie, à la France et au département des Hautes-Alpes, qu'il confondait dans le même amour, dans une égale passion.

La France, Ventavon la voulait grande et respectée au dehors, libre et prospère au-dedans ; il voulait que pour ne pas faillir à sa mission providentielle, la France marchât dans la voie du progrès, à la tête des nations. Il demandait la réalisation de ce vœu à la vertu des principes politiques auxquels il n'a cessé de rester fidèle. Jusqu'à sa dernière heure, en effet, il a tenu haut et ferme son drapeau dans ses mains, sans regrets stériles pour le passé, parce qu'il était avant tout un homme de son temps et l'homme de son pays. Combien de fois dans les épreuves que nous avons ensemble traversées, ne l'ai-je pas entendu, s'écrier : Ce

qu'il faut aimer par-dessus tout, c'est son pays, et je suis
prêt, si c'est nécessaire à son salut et à son relèvement, à
lui faire le sacrifice de mes préférences. »

Par son caractère conciliant et ferme, par la distinction de
ses manières, l'élévation de son esprit, par sa tolérance,
en un mot par son libéralisme éclairé et profond, Ventavon appartient à cette pléiade d'hommes politiques qui
seront dans l'histoire l'honneur de la restauration. Il avait
l'esprit fin, pénétrant, le patriotisme sincère le sens parfait des Lainé, des Deserre ; comme eux il savait résis-
ter aux impatiences de son parti, et avec eux il s'efforçait
d'arrêter les uns et d'entraîner les autres.

Tel est, au point de vue politique, la physionomie du sénateur des Hautes-Alpes ; on ne saurait lui assigner un
autre rôle.

Son département, il l'aimait au-delà de toute expression,
et en faisait l'objet de ses constantes préoccupations. Je
puis bien dire sans crainte d'être démenti, que dans les
Hautes-Alpes, il n'y a pas une commune, un village, un
hameau, une maison qui ne porte la trace des services
rendus ou des efforts par lui tentés.

Quand le découragement venait l'assaillir dans les
longues soirées d'un hiver pour lui parculièrement
douloureux, je n'avais pour le ranimer et faire jaillir de
nouveaux éclairs de sa vive intelligence, qu'à reporter sa
pensée vers nos chères montagnes et leurs graves intérêts.
Esclave de son devoir. il est resté au poste d'honneur que
vous lui aviez confié jusqu'à la mort. Il était déjà sous ses
étreintes, il en ressentait les premières angoisses, qu'il son-
geait encore à livrer pour ses compatriotes un dernier et
bon combat.

A la veille de notre séparation, il me disait, la main sur
son cœur : « Le foyer est toujours là, mais le ralentissement
de ses mouvements et l'altération de ma voix ne me per-
mettent plus d'en communiquer la chaleur. Que ne puis-je
redire une fois de plus à la tribune les souffrances de ceux
que j'aime, et leur donner un nouveau témoignage de mon
affection inaltérable et de mon dévouement sans bornes. »

A l'heure où je parle, tout est fini, le foyer est éteint, nous sommes en face de la mort.

Ventavon n'en vivra pas moins au milieu de nous, car nous garderons religieusement sa mémoire ; il demeurera pour nous tous un modèle, que ne reniera pas, assurément, l'homme de cœur et de talent que le département des Hautes-Alpes, a eu la bonne fortune d'associer à ses travaux et à la défense de ses intérêts.

La perte d'un ami aussi sûr et aussi dévoué que Ventavon est irréparable, et je ne saurais exprimer toute l'affliction que j'en éprouve. Sa mort ne me laisse pas cependant sans consolations, j'en puise de bien douces dans le souvenir des soins pieux que mon amitié attentive a pu lui prodiguer, et dans la certitude que ceux qui portent vaillamment son nom sauront, selon les traditions de leur famille et le vœu si cher à son cœur, continuer au milieu des populations des Alpes, l'œuvre de bien à laquelle il a consacré tous ses jours.

Ventavon, je viens au nom de vos amis du Sénat, je puis dire du Sénat tout entier, car vous aviez le privilège d'inspirer à tous vos collègues sans distinction d'opinion, la même sympathie et le même respect, je viens au nom de vos chers voisins des Basses-Alpes, au nom des amis nombreux que vous comptez dans notre département, vous adresser un dernier et suprême adieu.

Non, je me trompe Ventavon, vous savez que je partage votre foi, et mon devoir aujourd'hui est de le dire bien haut, l'exemple de votre vie, votre mort si chrétienne, font naître et palpiter dans mon âme immortelle, l'espérance qui nous rattache à Dieu et à ceux que nous avons perdus après les avoir bien aimés.

Je m'arrête, Ventavon, l'émotion me gagne, je ne veux pas abandonner mon cœur au désespoir, je le livre tout entier à l'espérance. Bien cher et excellent ami, au revoir.